KB147226

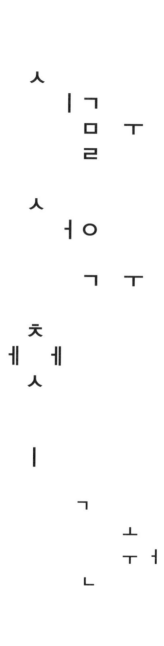

푸른사상 시선 141

식물성 구체시

초판 1쇄 · 2021년 2월 24일 | 초판 2쇄 · 2021년 9월 24일

지은이 · 고 원
펴낸이 · 한봉숙
펴낸곳 · 푸른사상사

주간 · 맹문재 | 편집 · 지순이, 김수란 | 마케팅 · 김두천
등록 · 1999년 7월 8일 제2-2876호
주소 · 경기도 파주시 회동길 337-16(서패동 470-6) 푸른사상사
대표전화 · 031) 955-9111(2) | 팩시밀리 · 031) 955-9114
이메일 · prun21c@hanmail.net /prunsasang@naver.com
홈페이지 · http://www.prun21c.com

ⓒ 고원, 2021

ISBN 979-11-308-1772-9   03810
값 10,000원

푸른사상
시선
141

식물성 구체시

고 원 시집

푸른사상
PRUNSASANG

김제 금산사에서

북한산의 한 자락

우이천을 따라

용문사로

흑천까지 돌아

굽이굽이

백세(白歲) 노모

식물성의 황혼 인생도

석불산

뉘엿뉘엿

변산 서해바다로 흘러갑니다

남순(南順)

하서(下西) 청호 백살공주님

얀들의 구체시를 1981년 독일에서 공부하며 구체시에 입문했고, 독일 레하우에 있는 '구성예술과 구체시연구소(ikkp)'의 전시실에서 한글 구체시를 전시했다. 구체시 입문 40년 만에 '식물성 구체시'를 선보이게 되었다.

문자의 소리를 때로는 풍경 소리처럼 들리게 하고, 문자의 형태를 때로는 넝쿨장미처럼 펼쳐 보이며, 독자 여러분에게 낯설고 생소한 문자의 모습을 선보이는 작업이다. 구체시는 아무리 나이를 먹어도 그냥 구체시다. 그 뒤에 숨은 뜻이 있을 까닭이 없다.

반복되며 나부끼다가 나뭇잎처럼 떨어지는 문자도 있고, 잎을 흔들다가 이윽고 사라지는 나무의 바람 소리도 이따금 들릴 것이다, 받아주신다면. 구체시는 가을의 나뭇잎이다.

2020년 12월 23일
용문 화전에서
고 원

■ 시인의 말

1막 봄

2막 여름

3막 가을

4막 겨울

1막 **봄**

久久久久久
久久久久久
　久久久久久　ㅅ
久久久久久
久久久久久

백두대간

나는 문학보다 문자가 좋다 걷자
학교보다 문밖 자유가 좋다 사유

나는 문학보다 학문이 좋다 학이
곤궁 한가운데 합리의 언어 변증

나는 문학보다 문맥이 좋다 뛰기
백두 문맥으로 이끄는 산맥 걷자

시도 파도

파도파도
시도파도
오하우섬
섬의해님
파도도래
시도도래
오하우해
다시파도
시도시도
파도타기

구체시 3

냉탕 속의 우리 이웃
― 욕탕 풍경 1

내탓이오내탓이오
내큰탓이로소이다

내타시오내타시오
내큰타시로소이다

내따시다내따시다
내ㅇㅇㅇ내ㅇㅇㅇ

냉탕속의우리이웃
내킨탓이로소이다

구체시 4

정의의 줄다리기
또는 좌익과 우익의 힘겨루기

```
正 ー ー ー ー ー ㅣ
正
正
正
ㅣ ー ー ー ー ー 正
```

빙벽 타기

진리는 나의 비ㄱ 비극이다
진리는 나의 비ㄴ 비늘이다
진리는 나의 비ㄷ 비단이다
진리는 나의 비ㄹ 비로毘盧
진리는 나의 비ㅁ 비망이다
진리는 나의 비ㅂ 비법이다
진리는 나의 비ㅅ 비상이다
진리는 나의 비ㅇ 빙벽이다
진리는 나의 비ㅈ 빚더미다
진리는 나의 빛ㅣ 치읓이다
진리는 나의 비ㅋ 비키니다
진리는 나의 비ㅌ 비통이다
진리는 나의 비ㅍ 비판이다
진리는 나의 비ㅎ 비핵이다

구체시 6

백년해로

**네네네네네
네네네네네
네네네네네
네네네네네
네네네네편**

**나나나나나
나나나나나
나나나나나
나나나나나
나나나남편**

사랑과 자유, 떠오르는 해님

ㅅㅅㅅㅅㅅ　ㅈㅈㅈㅈㅈ
ㅅㅅㅅㅅㅅ　ㅈㅈㅈㅈㅈ
ㅅㅅㅇㅅㅅ　ㅈㅈㅠㅈㅈ
ㅅㅅㅅㅅㅅ　ㅈㅈㅈㅈㅈ
ㅅㅅㅅㅅㅅ　ㅈㅈㅈㅈㅈ

구체시 8

시의 바닥
— 욕탕 풍경 2

바닥 미끄러움 주의
　　시끄러움
　　시
바닥 미　　움

바다 부끄러움
반달 미끄러움
바닥 부끄러움
반달 미　　움

하늘 부끄러움 주의
　늘 부　러움　의 바닥
바닥 미끄러짐
시의 바닥

자유의 공정

나는 자유를 공정합니다. 자유의 공정
나는 자유를 농정합니다. 자유의 농정
나는 자유를 동정합니다. 자유의 동정
나는 자유를 롱정합니다. 자유의 롱정
나는 자유를 몽정합니다. 자유의 몽정
나는 자유를 봉정합니다. 자유의 봉정
나는 자유를 송정합니다. 자유의 송정
나는 자유를 옹정합니다. 자유의 옹정
나는 자유를 종정합니다. 자유의 종정
나는 자유를 총정합니다. 자유의 총정
나는 자유를 콩정합니다. 자유의 콩정
나는 자유를 통정합니다. 자유의 통정
나는 자유를 퐁정합니다. 자유의 퐁정
자유 흥정을 거부합니다. 자유의 紅情

탕에서 펼쳐지는 책
── 욕탕 풍경 3

모든
사람들
몸을씻고
머리도감고
탕으로들어오시오

천하
인재들
귀를씻고
두눈도감고
탕평책읽어봅시다

뜨거우니 제발 만지지 마세요
— 욕탕 풍경 4

고온주의
고열주의
고압주의

기후변화
환경위기
생태변화

고산주의
공산주의
고원주의

자화상

나ㅇ을 놓고 나의 이응을 배우다
나ㅈ을 놓고 나의 지읒을 배우다
나ㅊ을 놓고 나의 치읓을 배우다
나ㅋ을 놓고 나의 키읔을 배우다
나ㅌ을 놓고 나의 티읕을 배우다
나ㅍ을 놓고 나의 피읖을 배우다
나ㅎ을 놓고 나의 히읗을 배우다
나ㄱ을 놓고 나의 기역을 배우다
나ㄴ을 놓고 나의 니은을 배우다
나ㄷ을 놓고 나의 디귿을 배우다
나ㄹ을 놓고 나의 리을을 배우다
나ㅁ을 놓고 나의 미음을 배우다
나ㅂ을 놓고 나의 비읍을 배우다
나ㅅ을 놓고 나의 시옷을 배우다

나ㅅ을 보며 나의 눈귀를 그리다

책 사이에 끼어 있는 쓰지 않은 공책

책책책책책
책책책책책
책책　책책
책책책책책
책책책책책

모든 길은 로마로 통한다 또는 나의 노모

마마마마마
마마마마마
마마　마마
마마마마마
마마마마마

인생, 그 짧은 서막과 4막

서사사사사
사사사사사
사사사사사
사사사사사
사사사사막

프로이트

기쁨
프로이데는 디 프로이데
프로이데는 여성명사
디die는 정관사
프로이데는 기쁨이다
독일어 프로이데Freude
그 뜻이 기쁨이다

프로이데는 명사
프로이데는 즐거움
프로이트는 고유명사
프로이트는 남자
그 남자의 앞, 머리 두 글자는 프로
그 남자의 뒤, 꼬리 두 글자는 이데
앞과 뒤 그리고 여성정관사
그것이 바로 나의 기쁨이기도 하다
프로이트Freud

시옷

시
오시
오시오
시오시오
시오시오시
오시오시오시
오시오시오시오
시오시오시오시오
시오시오시오시오시
오시오시오시오시오시
오시오시오시오시오시오
시오시오시오ㅅ님옷이시오

인도 라다크 알치alchi사원의 나무옷

식물성 구체시

그곳에서 대지가 홀로
키워놓은 홀소리 열개

바람이 불면 닿소리 열넷
북풍 퀸텟 동풍 쿼텟으로

빗속에서도 홀소리
빛속에서도 닿소리

언어의 환한 그곳에서 다만
뿌리자리 그 주인으로 남아

일리

─ 그 어떤 삶에도 일리는 있다

ㅣ리ㅣ ㅣ리ㅣ ㅣ리ㅣ ㅣ리ㅣ ㅣ리ㅣ ㅣ리ㅣ ㅣ리ㅣ

공즉시색

— 다다익선, 다 좋다

이것은 공백이다
이것은 공백이다
이것은 공백이다
이것은 공백이다
이것은 공백이다
이것은 공백이다
이것은 공백이다
이것은 공백이다
이것은 공백이다
               다다익선
        공즉시색

창조주의 말씀 한마디

다좋좋좋좋
좋좋좋좋좋
좋좋　좋좋
좋좋좋좋좋
좋좋좋좋다

춘마숨마
── 2019년 춘천마라톤 10회 완주의 도전

춘천 의암호는숨숨
춘천 의암호는들숨
춘천 의암호는날숨
춘천 의암호는숨길

춘마의 암호는건각
춘마의 암호는마각
춘마의 암호는숨통
춘마의 암호는숨마

summa! 춘마숨마
숨 벅찬마라톤의끝

세 글자는 새 글자

세 글자를 써놓고 아빠가
자 읽어보세요!
고 을 이!
아이가 제대로 읽는다
제 이름이다
유치원 여기저기 이름표로 붙여놓아서
보고 알게 된 글자
고을이
을이가 읽을 줄 아는 유일한 단어

고 이 을
세 글자를 써놓고 아빠가
자 읽어보세요!
고 을 이!
같은 글자지만 다르게 읽어야 한다
그러나 제 이름과 다른 이름이니 읽지 못한다
어깨에 메고 다니는 가방의 이름표와는 달리
독일에서 유치원을 다녔던 언니
지금도 그곳에서 살고 있는 또 다른 이름이다
같은 세 글자지만, 새로운 이름이다

그래서 새로운 글자

세 번 본 언니의 이름
세 번 본 언니의 얼굴

축복

축
딸둘
고을이
늦둥이다
언니는이을
큰딸은이을이
고을이와이을이
큰딸31세고이을
둘째딸은5세고을이
고을이그리고또고이을
고을이와고이을우리두딸
이을이와고을이
노을도을이
늦둥이
두딸
복

진리가 나의 길 또는 자유와 평등의 나라

2막 **여름**

具具具具具
具具具具具
具具具具具　ㅈ
具具具具具
具具具具具

ㅅ, 시의 시옷

ㅈㅈㅈㅈㅈ
ㅈㅈㅈㅈㅈ
ㅈㅈㅅㅈㅈ
ㅈㅈㅈㅈㅈ
ㅈㅈㅈㅈㅈ

북남 평화

ㅍ ㅍ ㅍ ㅍ ㅍ
ㅍ ㅍ ㅍ ㅍ ㅍ
ㅍ ㅍ　　ㅍ ㅍ
ㅍ ㅍ ㅍ ㅍ ㅍ
ㅍ ㅍ ㅍ ㅍ ㅍ

平平平平平
平平平平平
平平화平平
平平平平平
平平平平平

동해 고래

오래
오래
오래
오래
오래
korea
고래

여수 앞바다의 바람

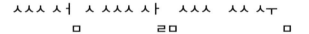

거북이들의 용왕

ㅎㅎㅎㅎㅎ
ㅎㅎㅎㅎㅎ
ㅎㅎ龜ㅎㅎ
ㅎㅎㅎㅎㅎ
ㅎㅎㅎㅎㅎ

훈민정음 사계

ㅈㅈㅈㅈㅈ
 ㅈㅈㅈㅈㅈ
  ㅈㅈㅈㅈㅈ ㅅ
 ㅈㅈㅈㅈㅈ
ㅈㅈㅈㅈㅈ

     具具具具具
      具具具具具
       具具具具具 ㅈ
      具具具具具
     具具具具具

        舊舊舊舊舊
         舊舊舊舊舊
          舊舊舊舊舊 ㅊ
         舊舊舊舊舊
        舊舊舊舊舊

            龖龖龖龖龖
             龖龖龖龖龖
              龖龖龖龖龖 ㅎ
             龖龖龖龖龖
            龖龖龖龖龖

히말라야, 아시아의 산맥

AAAAㅅ
　AAAAㅅ
　　AAAAㅅ
　　　AAAAㅅ
　　　　AAAAㅅ　ㅅㅅㅅㅅ

그곳

하 가는 곳
파 가는 곳
타 가는 곳
카 가는 곳
차 가는 곳
자 가는 곳
아 가는 곳
사 가는 곳
바 가는 곳
마 가는 곳
라 가는 곳
다 가는 곳
나 가는 곳
가 가는 곳

다 가는 곳

일기 쓰기 또는 읽기와 잃기

일ㄱ기

일ㄴ기

일ㄷ기

일ㄹ기

일ㅁ기

일ㅂ기

일ㅅ기

일ㅇ기

일ㅈ기

일ㅊ기

일ㅋ기

일ㅌ기

일ㅍ기

일ㅎ기

한글1446

— 집현전의 천사들

천사천사천사천사

백사백사백사

천사천사

백사

천사백사

천사백사백사

천사천사천사백사

천사

백사백사

천사천사백사

백사천사

백사

천사백사

십육

천사

박사

선한 이웃의 한글

선한한한한
한한한한한
한한　한한
한한한한한
한한한한글

옥수수를 숯불 위에 올려놓고 실컷

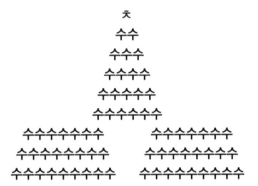

체 게바라

— 마지막 주검까지 기억하기

구체체체체
체체체체체
체체　체체
체체체체체
체체체체시

구체시의 시체 두 구
— 아래에 먼저 깊이, 훗날 또 그 위에다, 하와이 오하우 섬에서

구구구구구
구구구구구
구구시구구
구구구구구
구구구구구

넝쿨장미

```
미미미미미              미미미미미
  미미미미              미미미미
   미미미          미미미
    미薔      薔미
   미미薇薔   薔薇미미
    미미美미미
       王
```

권력자의 털과 수염

호모
효모
후모
휴모
흐모
히모
하모
햐모
허모
혀모

嫌惡

피네간의 경야

주경향가
죽두목설
죽비구체
연영한원
창경기굴
주객지세
욕려농연
말향경꽃
이피네簡
儀경야인

문맥에서 태어난 박문맥의 자리

문맥

문맥

문맥

문맥

문맥

문맥

문맥

문맥

문맥

백

O **白餘白**

O **白餘白**

O **白餘白**

O ㅕ

O ㅕ

O ㅕ

ㅕ

ㅁ

ㅜ

ㄴ

색즉시공
— 아홉 권의 책은 한 권의 공책입니다

이것은공백이아니다
이것은공백이아니다
이것은공백이아니다
이것은공백이아니다
이것은공백이아니다
이것은공백이아니다
이것은공백이아니다
이것은공백이아니다
이것은공백이아니다

색즉시공

노인과 바다, 그 슬픈 이름

일일일일일
일일일일일
일일일일일
일일일일일
일일일일상

일일일일일
일일일일일
일일일일일
일일일일일
일일일일음

구체시 46

생색

― 생성의 샘

색색색색색

색색색색색

색색　색색

색색색색색

색색색색색

주홍 책의 책임, 붉은 책의 권리

이것은 주홍 책이다 주홍 책임

이것은 노랑 책이다 노랑 책임

이것은 초록 책이다 초록 책임

이것은 파랑 책이다 파랑 책임

이것은 남색 책이다 남색 책임

이것은 보라 책이다 보라 책임

이것은 빨강 책이다 붉은 책임

무저항의 용기가 비폭력 저항이다

무 ㅍ
무 ㅎ
무 ㄱ
무 ㄴ
무 ㄷ
무 ㄹ
무 ㅁ
무 ㅂ
무 ㅅ
무 ㅇ
무 ㅈ
무 ㅊ
무 ㅋ
무 ㅌ
mut!

[독일어 무트(mut) 용기]

휠덜린의 구체시 또는 눈먼 시인의 거문고

그를 따르라

그를 따르라

그를 따르라

그를 따르라

그를 따르라

그를 따르라

문현

줄 긁으며

유현

줄 긁으며

대현

줄 긁으며

괘상청

줄 튕기고

괘하청

줄 튕기고

무현

글 팅기며

ihm nach!

그를 따르라

글을 따르라

헤이트풀 8

— 탁류 패거리들의 패퇴

탁　피
탁　프
탁　퓨
탁　푸
탁　표
탁　포
탁　펴
탁　퍼

탁패
타파

3막 **가을**

舊舊舊舊舊
舊舊舊舊舊
舊舊舊舊舊　ㅊ
舊舊舊舊舊
舊舊舊舊舊

박문맥 그리고 문맥 밖의 13인

문맥 밖 성 문맥 ㅅ 시옷
문맥 밖 인 문맥 ㅇ 이응
문맥 밖 제 문맥 ㅈ 지읒
문맥 밖 천 문맥 ㅊ 치읓
문맥 밖 문맥 코 ㅋ 키읔
문맥 밖 탁 문맥 ㅌ 티읕
문맥 밖 편 문맥 ㅍ 피읖
문맥 밖 호 문맥 ㅎ 히읗
문맥 밖 고 문맥 ㄱ 기역
문맥 밖 노 문맥 ㄴ 니은
문맥 밖 도 문맥 ㄷ 디귿
문맥 밖 류 문맥 ㄹ 리을
문맥 밖 명 문맥 ㅁ 미음

문맥 밖 박 문맥 ㅂ 바다

가능성감각의 구체시

— 특성 있는 아버지가 무질(Musil)의 특성 없는 남자에게 보내
는 편지

있는 나의 없는 너에게
있는 나의 없는 너에게
있는 나의 없는 너에게
있는 나의 없는 너에게
있는 나의 없는 너에게
있는 나의 없는 너에게

있는 내가 사랑하는 없는 나의 아들에게
　　　내　　사랑　속 있는　　　　너에게

구체시의 대문

독일독일디오니소스프랑스
독일독일음악예술서프랑스
독일독일과　　술동프랑스
독일독일과　　술통프랑스
독일독일와　　인남프랑스

초인의 솟대

― 얀들풍으로

솟
고
高
솟
다
좋
좋
초
솟
다
좋
다
高
솟
좋
촛
좋
솟
초
인

문학

오해
된
언어
자본
된
서리
권력
된
소리
특화
된
장
르 문학
le munhak
la lituraterre

시한폭탄

갑 수거
을 수거
병
정
무
기
경 수거
신 수거
임 수거
계 수거

님의 침묵

그大 그女
그大 그女
그大 그女
그大 그女

나는 그大/女를 사랑한다
나는 그大/女를 사랑한다
나는 그大/女를 사랑한다
나는 그大/女를 사랑한다

님은
짝사랑하는
3인칭
독일어 여성대명사
그녀sie지

남녀
그大
그녀

그大
여大
그녀

자유의 존재

ㅈㅈㅈㅈ ㅠㅠㅠㅠㅠ
ㅈㅈㅈㅈ ㅠㅠㅠㅠㅠ
ㅈㅈㅅㅈ ㅠㅠ　ㅠㅠ
ㅈㅈㅈㅈ ㅠㅠㅠㅠㅠ
ㅈㅈㅈㅈ ㅠㅠㅠㅠㅠ

자유의 고지
— 고지독일어 여성대명사 '지(sie)'의 자유가 떠오르다

오직

오직

오직

오직

오직

오　　지

오 ㄱ 지

　ㅗ

　지

* 지(sie) = 여성명사 디 프라이하이트(die Freiheit), 자유

그가 나의 아버지다

erererer 나 ㄱㄱㄱㄱㄱ er
erererer ㄱㄱ ㄱㄱㄱㄱ erer
ererer ㄱㄱㄱ ㄱㄱㄱ ererer
erer ㄱㄱㄱㄱ ㄱㄱ ererer
er ㄱㄱㄱㄱㄱ 네 erererer

자본주의의 본질

자자자자자
자자자자자
자자자자자
자자자자자
자자자자本

구체시 62

불붙은 자본주의의 흥망성쇠

불불 on on on on 불불

붉은 붉은 붉은 붉은 붉은
붉은 붉은 붉은 붉은 붉은
붉은 붉은　　　붉은 붉은
붉은 붉은 붉은 붉은 붉은
붉은 붉은 붉은 붉은 붉은

불온 on on on on 불끈

좀체 해가 지지 않는 나라

일일일일일
일일일일일
일일좀일일
일일일일일
일일일일일

마라톤
— 자유와 평화의 베를린 마라톤 2017

자유의고독을챙기다
자유의고원을달리다
마라톤의자유를믿다
마라톤주체성이있다
통일된베를린마라톤
분단된일회용비닐비
옷들4231520170924
승리와평화의대로위

수목장

— 나무의 정령과 더불어 어떤 부활을 꿈꾸다

ㅜㅜㅜㅜㅜ
ㅜㅜㅜㅜㅜ
ㅜㅜㅜㅜㅜ
ㅜㅜㅜㅜㅜ
ㅜㅜㅜ수**樹**

나나나나나
나나나나나
나나나나나
나나나나나
나나나나**겹**

늘 그 모습

하하하하하
하하하하하
하하하하하
하하하하하
하하하하늘

그늘늘늘늘
늘늘늘늘늘
늘늘늘늘늘
늘늘늘늘늘
늘늘늘늘늘

대령의 나라

— 대통령들뿐, 통일이 없다

대통통통통
　통통통통통
　　통통　통통
　　　통통통통통
　　　통통통통령

구체시 68

서울대
— 70년 한국교육의 내리막 상승

大하하하하
　하하하하하
　　하하　하하
　　하하하하하
　　　하하하하學

구체시 69

아빠와 엄마 끝까지 달리다

아빠빠빠빠빠
　빠빠빠빠빠빠
　　빠빠빠빠빠빠
　빠빠빠빠빠빠
빠빠빠빠빠빠

엄마마마마
　마마마마마
　　마마마마마
　마마마마마
마마마라톤

불임 시대
— 배아의 헛된 세포분열

배 라 ㄴ

배 마 ㅅ

배 바 ㅌ

배 사 랑

배 아 ㄱ

배이자

배삼차

배사카

배오타

배고파

배칠하

배팔가

배구나

배우다

아내

아내가이제나를안내한다
안아서나를안내한다아내가
앞에서나를안내한다아내가
나를알아가며아내가인내한다
아나의서글픈아내여
아나서내여기여, 그곳까지
아내가나를인도할때까지

야호, 얀들

야
야 야
야 야야 야호
야 얀들이냐 너 너도
야 얀들이 한국에서도
야 얀들의 소리시
오 오 오스트리아의
야 야 얀들ernst jandl
야 야 얀들의 구체시
구 구 구구구 구체시
야 ja
야 그렇다
야호
야 야야
야 야야 얀들
야 야호
야 야호 호랑이
야 호 나폴레옹
야 나 나나 나폴레옹
나야 나 야 나폴레옹
야호 나 나나 얀들

나야 야 얀들
나? 야! 얀들
야 얀들
야호 야호 얀들

김장배추의 미덕 또는 시대정신의 도래

네 포기
다섯 포기
여섯 포기
일곱 포기
여덟 포기
아홉 포기
열 포기
열한 포기
열두 포기
열세 포기

세 포기
권세 포기

백 살 노모의 몸

모
□
ㅗ
□
□
ㅗ
□
□
ㅗ
□
모

□
살

자취

그
그
그

　　네
　　네
　　네

그
그
그

　　때
　　때

　　떼 구름

네
그
나　　나
　　그
　　네

　　네 얼굴

4막 **겨울**

동치미 무
― **백살공주**의 탄생

백김치 ㅊ
백김치 ㅊ
백김치 ㅊ
백김치 ㅊ
백김치 ㅊ
백김치 ㅊ
백김치 ㅊ
백김치 ㅊ
백김치 ㅊ
백김치 ㅊ

동치미 ㅎ

거리의 확보
— 그리고 거리를 활보하시오

마   늘
마   늘
마   늘
마   늘
마   늘
마   늘
마   늘
마   늘
마   늘

ㅗ   늘

고원에서 누리는 자유의 실체

― 차라투스트라는 이렇게 말했다

고 ㅇ 원 ㅅ
고 ㅇ 원 ㅈ
고 ㅇ 원 ㅊ
고 ㅇ 원 ㅋ
고 ㅇ 원 ㅌ
고 ㅇ 원 ㅍ
고 ㅇ 원 ㅎ
고 ㅇ 원 ㄱ
고 ㅇ 원 ㄴ
고 ㅇ 원 ㄷ
고 ㅇ 원 ㄹ
고 ㅇ 원 ㅂ
고 ㅇ 원 ㅁ
고 ㅇ 원 ㅇ

삶은 음식이다 또는 그 마지막 죽 한 그릇

죽
삶음삶음삶음삶음삶음삶음삶음삶음삶음

용문사 천년 은행나무의 속꿈

용꿈
용꿈
용꿈
용꿈
용꿈
용꿈
용꿈
용꿈
용꿈

바람
바꿈
밖꿈

속꿈
소꿈

구체시 81

백세 노모의 마지막 탄식
— 삶의 끝은 동사 '앓다'가 아니라, 명사 '앎'이다

아
아　아
아　아아
아　아아아
아　아아아아
아　아아아
아　아아
아　아
아
앗　ㅅㅏ　ㄹ　ㅁ
　　ㅏ　ㄹ　ㅁ

구체시 82

전능한 두개골의 흥망

<table>
<tr><td>두피두피두</td><td>두개개개개</td></tr>
<tr><td>피　　　피</td><td>개개　개개</td></tr>
<tr><td>두　　　두</td><td>개　　　개</td></tr>
<tr><td>피　　　피</td><td>개개　개개</td></tr>
<tr><td>두피두피두</td><td>개개개개골</td></tr>
</table>

개와 사람

개집
介入
개입

주의
주의
주여

개인
인간
벗님

한국인

인
인
삼
인
인
인
인
인
□

인간

의
의
심
의
의
의
의
의
집十

인생칠십고래희

희
희
희
희
희
희
희
망

가거도

하
　파
　　타
　　　카

　　　차차
　　자자
아아
　사　서

　바　저
　　　마
　라
　　　다
　　　나
　　　　가

　　　　나 가고 독
　　　　　가거 도
　　　　　　밤바다
　　　　　　　　다
　　　　　　밤하늘
　　　　　　　　늘
　　　　　　　가거도

구체시 88

바다 소리

살
살아
소리
소라
솔
솔아
소리
바다
소라
살
살아
소라
바다
소리
소라
솔
솔아

중원리 도일봉

도구

도팔도팔

도칠도칠도칠

도륙동물동물도륙

도오도오돈오도오도오

도사도사도사도사도사도사

도삼도삼도삼도삼도삼도삼도삼

도이도이도이도이도이도이도이도이

도일도일도일도일정신일도일도일도일도일

휠체어

앞을 바라보며
뒤로 움직인다

앞이 흔들리면
뒤로 밀어본다

바퀴의 자신감

해골

목관이 없다
피부가 없다
영혼의 피부
사십 년도 안 된 시간에
몇 점 흔적만 남은 무덤

봉분을 여니
허망뿐 없다
이빨도 없다
턱뼈도 없다
해골도 없다
부서진 몇 점 사람의 뼈로 남아

흙의 피부
너는 흙이니
다만 흙무덤 하나

사랑

이를 닦고 유치원에 가야지
중요한 것부터 먼저 하세요
사랑이 중요해
사랑이라는 글자도 모르는 까막눈
딸아이의 당찬 말이다
아빠가 써줄게
먼저 ㅏ를 써놓고
그 앞에 ㅅ 시옷
그럼 아빠 랑도 써주세요
먼저 ㅏ를 써놓고
그 앞에 ㄹ 리을
그리고 ㅇ 이응을 받쳐주세요

지구의 재활

재화 ㅁ

재화 ㅂ

재화 ㅅ

재화 ㅇ

재화 ㅈ

재화 ㅊ

재화 ㅋ

재화 ㅌ

재화 ㅍ

재화 ㅎ

재화 ㄱ

재화 ㄴ

재화 ㄷ

재화 ㄹ

대지의 욕망

일개미
일개미
일개미
일개미
일개미
일개미
일개미

잠자리

청호농가

서쪽으로 바다가 멀지 않은 곳
하서에는 호수가 있다
마을에는 우물도 있다
한때 누군가
손과 삽으로 파놓았던 우물

초록색 마을이 소나무 숲
사이로 숨 들이쉬며 내쉬듯
따뜻이 해와 구름을 맞이하는 곳에
우물 하나 자리잡고 있다
어느새 낡아 오래된 우물

들풀과 들꽃이 피고 자라며
잡초가 무성한 자리에는
물을 긷는 사람도 없이
잠시 덮어놓은 돌무덤인 양
어느 한 사람의 시간

우물 안으로
무심하게 구름이 아래로 깊이
노을은 문득 하늘의 바닥

땅속까지 펼처질듯 무덤처럼
평온하다. 어둠이 찾아온 우물

소백산

비
비로
서서
꽂혀
꽃

비로봉
서서
비가
내리다
연꽃
연화
내리며
연화봉
꽂혀
비로소
백산
비로
비로봉
비로소
백산

연꽃

꽂혀

비로

도솔봉

비로소

꽃

백산의

눈꽃

경의중앙선

용문
문산까지
지평
파주로
지평선
무궁화호
신의주까지
평화로
평화
지평역
신림역
기차
기차로
평화
평화로
치악산
반곡역
기차로
반곡
反曲
신림
신곡의

평화

평화로

신림

神林

무궁화의

평화

평화로

세한도

**황금빛에
가까우니**

**송홧가루
천년만년**

**소나무의
부귀공명**

영혼의 피부

― 작곡가 강석희 선생의 영면에 부쳐

부피피피피피피피피피피부

나는 아빠다

아이가 만든
유치원
진흙 사람의 얼굴
여름 빗속에
진흙으로만 남다

마치 봄처럼

이것은 식후에 주고받는 시구 한담도 아니며, 서로 제 식구 챙겨주는 식구 한담도 아닙니다. 식물성 구체시에 한 번 또 담수, 아무쪼록 듬뿍 단비를 내려주소서! (일련번호는 작품의 순서와 일치합니다.)

1. 오르고 ㄱ 내려가며 ㄴ 백두대간의 완주는 기본 보행의 반복이다. 모음과 자음의 문자 구체시처럼. 2012년 봄부터 17년 10월 28일까지 교산산우의 대간산행은 향로봉에서 끝났다.

2. 바다의 백미(百媚)는 파도다. 파도가 있어 바다가 아름답다. 파도가 출렁일 때 해가 뜨고, 해가 지면 파도도 쉴 수 있다. 시도 파도, 구체시는 파도타기다.

3. 욕탕에는 온냉 또는 남녀의 기표만 있다. 구체시에서는 모음과 자음의 기표가 모두 문제다. ㅏ 다르고 ㅓ 다르다고 하지만(구체시 15), ㅅ ㅈ ㅊ 다르고 ㅎ 다르다(구체시 31).

4. 한자 '바를 정'(正)자는 한글의 획, 곧 홀소리의 획과 닿소리의 획에 가장 가깝다. 글자를 왼쪽과 오른쪽, 두 쪽으로 나누어 보면 'ㅗ'와 'ㄷ' 둘로 보이기도 한다. '곧다'와 '곧 다시'.

5. 봄 또는 여름의 문자, 한자 및 알파벳과는 다르게 한글은 가을 또는 겨울의 문자에 더 가깝다. 가을 단풍의 닿소리, 빨주노초파남보 그리고 겨울나무의 줄기가 보여주는 홀소리.

6. 둘이 오십 년 같이 살면 이미 백년해로다. 나와 남이 같은 편이 되어 25년씩 "네 편"이 되면 그것이 백년해로다. 이 작품의 음절 수 25, 그만큼 온전히 네 편이 되어야 한다.

7. 가슴속에서 자유에 대한 갈망이 환하게 타오르도록 살아야 한다. 경건하게 파도를 가르고 떠오르는 ㅇ 해님을 맞이하듯이 그리고 정성을 다하여 "ㅠ" 땅과 하늘에 제사 드리며.

8. 바닥의 눈이 알맞게 미끄러워야 위에서 밑으로 자신 있게 활강할 수 있다. 시의 바닥은 충분히 미끄럽다. 미끄러짐. 기의의 바닥으로 기표가 내려간다. 곡예 기표의 새 눈 활강.

9. 공동체 안에서 개인의 자유 공정은 생각보다 길고 복잡하다. 자유의 바다에 '퐁!' 경쾌하게 입문. 그리고 고착된 관습, 제도와 문화의 높은 파고에 맞서야 한다. 구체시의 파도타기.

10. 옛 탕평책은 교육의 기회 균등과 함께 이미 실현되고 있다. 지금 주목해야 하는 인물은 아르키메데스, 목욕탕에서 진리를 발견한 바로 그 수학 정신이다. 수학책이 곧 탕평책이다.

11. 공산주의의 고온, 고열, 고압은 광기에 가깝다. 경제적 불평등의 시대이기에 시대의 탕평책, 소위 "재난 공산주의"로서 칼 마르

크스를 읽을 필요가 있다. 온냉 기표의 최고위 관리자.

12. '사십에 불혹'이 아니다. 문제는 낯, 얼굴값이 아니다. 낯 놓고 낯을 보며 눈과 코, 그 민낯을 또렷하게 그려가야 한다. 받침의 시 옷은 오염된 잡초를 베어내는 구체시의 낫.

13. 많은 사람들이 써놓은 책 사이에 공책을 한 권 반듯이 끼워 놓아야 한다. 황홀한 서정시의 감동 속에서, 합리적 공동체의 말씀 속에서 구체적 삶의 기록, 구체시가 살아남도록.

14. '로마로'에서 '로'를 빼면 욕망의 대상 게다가 방향성까지 흔들린다. 남성성의 상징 대신 마마, 엄마가 드러난다. 로마(roma)의 머리글자를 치면 '오마(oma)', 독일어로 할머니다.

15. ㅓ 다르고 ㅏ 다르다. 영화 〈아라비아의 로렌스〉(1962)에서 영화의 서막은 남자의 죽음이고, 그 4막의 무대는 사막이다. 로렌스처럼 인간은 사막에서 하나의 **서 사**가 된다.

16. 실러의 시 한 편(1786)을 노래로 만든 〈합창교향곡〉(1823)에서 "기쁨은 하늘과 땅의 불꽃"이다. 프로이트는 『꿈의 해석』(1900)으로 '무의식의 그 불꽃놀이'를 연출하였다.

17. 인도 라다크는 히말라야 고원의 황무지다. 알치 사원의 나무는 오아시스의 나무옷이고 황량한 대지에서도 살아남는 시의 옷이다. 시의 빗물이 한 줄기 싸늘한 강의 흐름이 된다.

18. 볼리비아 아마존강 상류의 오지 열대림에도 모음과 자음의 문자림은 있다. 문자가 없는 곳에도 구체시는 있다. 원시림에 뿌리를 내린 생명과 소리의 구체시.

19. 변명과 거짓말이 뿌리 내리지 않도록, 맞는 말이라면 어린아이의 말이라도 바로 인정해야 한다. 정황과 문맥은 무시하고 다른 이해관계도 고려하지 말자. 아이들은 저마다 일리가 있다.

20. 백남준의 〈다다익선〉(1988)은 모니터 1003개로 구성된 실험 작품이다. 보기 싫어도 듣기 싫어도, 맞는 말이라면 다 좋다. 많을수록 좋다. 구체시의 미끄러운 바닥.

21. 하늘과 땅의 불꽃으로서 기쁨은 창작 활동의 알파며 오메가다. 아름다운 것이 좋은 것으로 된다. 옳고 바른 말씀이 곧 예술이다. 구체시에서는 진리가 아니라 일리가 문제가 된다.

22. 마라톤은 축복 받은 운동이다. 체력의 안배 능력과 지구력이 중요하다. '숨과 마라톤'의 머리글자, 숨마는 라틴어로는 그(summa) 뜻이 합계, 건강인생의 총합이 마라톤이다.

23. 홍길동과 홍동길은 엄연히 다른 두 사람이다. 홍등길은 전혀 다른 말이다. 자모 배열의 한글이면서 동시에 음절로 나뉜 한국어는 그 자체로 구체시에 매우 가깝다.

24. 한글 24, 『한글나라』가 출판되고 뮌헨에서 이을이가 태어났다. 그런 뒤 바로 통일된 독일. 알파벳 26, 26년이 지나 서울에서 태

어난 고을이, 축복은 먼 곳으로 이어져 간다.

25. 문자 '진리'와 '자유'는 지읒을 공유한다. '진리'와 '나라'는 니은과 리을을 공유한다. 진리의 길은 평등의 길까지 이어진다. 42.195km, 나는 그 길을 마라톤으로 완주하고 있다.

26. 시는 베일을 쓴다. 구체시가 ㅅ 흰 베일을 쓰고, 구(久)체시, 선을 보인다. 구체시의 베일은 파라시오스의 베일, 뒤에는 아무것도 없다. 제욱시스가 헛되이 베일 뒤를 찾는다 해도.

27. 평창에서 피어오른 평화의 불꽃은 평양으로 옮아가야 한다. 피를 흘리지 않는 비핵의 나라가 남북이 하나로 '통일된 ㅍ 땅'에서 현실로 실현되어야 한다.

28. 서쪽 바다에 없는 것이 동쪽 바다에는 있다. 고래. 오래, 아주 오래 오래, 동해물이 마르고 닳도록, 고래들이 동해바다에 살아남아야 한다.

29. 여수의 지형은 나비와 같다. 나풀나풀 나비가 날고, 너울너울 파도가 일고, 앞바다의 섬들 사이, 소경도와 대경도, 개도와 금오도 사이, 나풀나풀 너울너울 바닷바람이 분다.

30. 판소리 〈수궁가〉에 나오는 용왕의 모습이 꼭 이렇겠다. 별주부들이 ㅎㅎㅎ 모셔놓고 떠받드는 용왕님, 간신배들이 억지로 꾸민 흉계를 토끼 한 마리가 물리쳤겠다! ㅎㅎ 하하하.

31. 싹이 움트는 봄이 ㅅ이라면, 그늘이 필요한 여름은 ㅈ, 단풍이 곱게 물든 가을은 ㅊ 그리고 한 해를 마무리 짓고 새해를 맞이하는 겨울은 ㅎ이다.

32. 알파벳 자모는 아A로 시작한다. 작지만 놀라운 시작이다. 아시아의 히말라야 산맥은 웅장하며 경이롭다. ㅅㅅㅅㅅ. 산맥을 이렇게 표현할 수 있는 한글도 빼어나다.

33. 지하철에서 우리는 밖으로 나간다. 지하에서 지상으로, 동방의 카스토르가 '나 가는 곳', 어떤 부활, 나도 가는 곳이다. 지상에서 지하로, 죽음, '다 가는 곳'이다.

34. 태어나서 65살까지는 살아가는 기록이 여기저기 남는다. 그러고는 일기를 써야 한다. 더듬더듬 영혼의 소리를 듣고 읽으며, 나의 얼굴을 잃어가는 작업, 죽음의 집의 기록이다.

35. 소수, 남계, 옥산, 도산, 필암, 도동, 병산, 무성과 돈암서원, 1543년부터 살아남은 서원 아홉 곳이다. 드높은 그 하늘 위로 집현전의 한글 천사학파가 날아다니고 있다.

36. 냉탕 속의 우리 이웃, 그 선한 이웃을 사랑하시오. 선한 한글의 참된 복음입니다. 먼저 선(先), 착할 선(善)을 실천하시오. 칸트가 설계한 일생의 큰 과제입니다.

37. 옥수수는 가지런하고 수수한 음식이다. 인간의 일상과 비슷하다. 수수한 사람들이 모여 일상의 정성과 꿈을 담아 제사를 드린

다. ㅗㄱ이 그 제물이다. 구체시의 번제.

38. 체 게바라는 구체적인 인간, 용감한 남자다. 어린 딸과 찍은 쿠바의 젊은 체 그리고 볼리비아 산악지대에 흔적을 남긴 그의 주검은 멀리 예수의 모습을 잠시 떠오르게 한다.

39. 죽은 병사들의 무덤이지만, 그저 이름 없는 군인들의 무덤만은 아니다. 젊은 남자는 먼저 밑에 묻히고, 나중에 늙은 아내가 죽어 그 위에 누워 있다. 남녀의 무덤이다.

40. 넝쿨 구체시, 같은 음절이 잇달아 반복되고 있다. 소통의 통로를 가로막기도 한다. 가시도 있다. 사방으로 뻗어가지만, 언제나 그 뿌리의 자리는 지키고 있다. 모음, 자음의 구체시.

41. 아주 민감한 곳이 혀다. 이가 동물성이라면, 혀는 식물성이다. 끊임없이 움직이며 생각하는 인간의 품격을 지켜줄 수 있는 곳은 아쉽지만 그 식물성 혀, 세 치 혀 하나뿐이다.

42. 아일랜드의 더블린 그리고 제임스 조이스는 한국에서 매우 멀리 떨어져 있다. 『피네간의 경야』는 아주 먼 곳에 있다. 말과 문자 그리고 문학의 요지경, 침울돈좌.

43. 문맥 밖의 이름, 박문맥은 프로이트의 '포르트(fort) 다(da), 문맥 밖의 존재다. 박문맥의 시간, 문맥 밖의 시간은 역설적으로 오늘밖에 없다. 문맥 밖의 자리는 늘 그곳뿐이다.

44. 전반부 인생이 그렇듯이 어린 시절의 많은 공책들은 빈칸으로 남게 된다. 후반부에서는 아직도 읽지 않은 책의 무게가 우리를 제압한다. 삶이 다만 한 권의 공책이라면!

45. 헤밍웨이는 아름다운 이름 하나를 남겨놓고 갔다. 노인과 바다. 쿠바의 어느 바닷가 마을에서 죽은 그 노인의 서글픈 이름이 산티아고, 문맥 밖의 이름이다. 바다에서 불어닥친 바람.

46. 인간의 삶은 덧없는 생식, 아니 왕성한 생색내기다. 이미 충분히 늙은 지구의 안타까운 재활 윤회가 엄마의 부재로 생긴 구렁, 생성의 샘에서 마치 황금의 태아처럼 시작되고 있다.

47. 인간의 책임이 주홍색이 된다면 그리고 권리가 붉은색으로 바뀔 수 있다면, 우리가 쓰고 있는 한 권의 공책이 비록 다 채워지지 못한다 해도, 잃기/읽기는 늘 유익한 작업이다.

48. 그 말이 맞는 말이며 아직 살아 있으니, 아무쪼록 내팽개치지 말고 귀 기울여 아이가 던진 말을 받아보세요. 어른들의 일상적, 심리적 저항은 쉽게 문제와 폭력으로 이어집니다.

49. 큰 시인의 시는 거문고의 음악과 같다. 유현에서 놀며 괘상청의 침묵도 들려온다. 눈먼 시인의 경이로운 손놀림이지만, 팔루스라는 악기를 말로 연주하는 작업은 가망이 없다.

50. 사라진 파일 되찾기, 〈헤이트풀 8〉(2016)에서 감독 타란티노는 생사가 걸린 자료, 도래하지 않은 지식을 복원한다. 정신질환성

문화 패거리들의 음흉한 매복과 패퇴.

51. '원심적 궤적'에서 분리되는 나의 일부, '욕망의 상실과 그 대체'로서 '포르트와 다'의 놀이, 기표의 집합에서 (−1)이라는 고유성으로 상징화되는 것이 문맥 밖의 이름이다.

52. 박문맥 미크로와 마크로가 있다. 최소 단위로 만들어진 시, 가능성 감각의 구체시가 박문맥 미크로. 『특성 없는 남자』의 작가 무질은 가능성 감각의 박문맥 마크로. 문맥 밖이다.

53. 국경도시 비상부르(Wissembourg)의 드넓은 포도밭에 세워진 대문은 자유분방한 디오니소스, 바쿠스의 음악적 비상, 예술적 소실점, 도취한 알파벳이다. 포도주와 구체시의 대문.

54. '솟다'와 '좋다'의 연결은 '다좋다'로도 확산, 예술의 천국으로 뚫려 있다. 니체의 '초인'이 한글 솟대로 그 예술적 상승의 환희를 노래하고 있다. 기쁨은 하늘과 땅의 불꽃이다.

55. 라캉의 신조어 '문학(lituraterre)'은 라틴어(litura, 지우기)와 불어(terre, 땅)의 합성어이다. 문단문학의 토속적, 곰삭은 문학, '된/장/문학'을 겨냥하는 용어로서, 그 뜻과 다르게 빌려 쓰기로 한다.

56. '병정'과 '무기'가 전쟁폐기물로 이 땅에서 수거되지 않는다면, 비핵의 평화가 오늘 지구에서 실현되지 못한다면, 핵무기의 시한폭탄은 언제든지 폭발할 수 있다.

57. 남성/여성대명사의 일상적 부재가 곧 '님의 침묵'이다. '사미 인곡'은 봉건왕조 사회의 희비극이다. 대명사의 민주적 사용이 부정되고 있는 사회에서 님의 침묵은 그녀의 침묵이다.

58. 자유와 사유는 꼭 맞물려 있다. 쟁취된 자유는 곧 쟁취된 사유다. 여백의 자유가 비로소 독립된 사유를 가능케 한다. 이 땅의 모든 어린이에게 자유로운 사유를 허락하시오!

59. 그 무엇보다도 먼저 자유와 사유에 대한 일편단심, 그것이 세계를 바꿀 수 있다. 오지(奧地)의 오지, 다섯 가지 지혜는 자유, 사유, 언어, 창조 그리고 문맥 밖의 도전이다.

60. '그' 위에 오른다 해도, **나**는 다시 '그' 밑에서 **그**를 모시고 산다. "**네!**". 나/그/네 인생. 그 어른, 해어/른(der Herr, n)의 대명사 애어(er), 애어/른. 그, 애어른이 끝내 상전이다.

61. 자본과 경영의 자자손손 대물림은 조선왕조의 골육상쟁, 일본제국의 황당한 천황제를 방불케 한다. 이씨조선은 훈민정음으로써 면죄부나마 받았으니, 참으로 불행 중 다행이다.

62. 코로나의 불 끈 위기, 불 꺼진 지구가 다시 불끈 살아 제 길을 갈 수 있도록. 자본 독점과 경제 불평등의 기계적 작동/(on)온을 멈추게 하라. 시와 예술의 미래가 있다.

63. 자본주의의 상투적인 견인차 "일, 좀!"이 아니다. 부동의 중심, 태양/(日)일/해님의 열과 힘은 이미 세상에 가득하다. 혼자 햇볕

을 즐기는 디오게네스의 다만 '좀' 그것이면 좋다.

64. 지구력 그리고 힘의 안배를 시대정신이 요구하고 있다. 그리스의 승전을 고지한 마라톤 정신. 바이러스와 자본 창궐의 위기를 극복하고, 오늘의 자유와 내일의 승리를 위해.

65. 죽은 뒤에는 몸이 묻힌다. 우수수 나뭇잎이 휘날리고, 곱게 물든 낙엽도 겹겹이 쌓이게 된다. 삶의 아늑하고 따뜻한 뜰, 귓가에 들려오는 듯, '부활', 말러의 교향곡 2번.

66. 별들의 우주, 그 광활한 하늘 아래, 휴식의 그늘을 짙게 드리우는 숲. 올려다보며 꿈을 꾸는 두려움과 놀라움의 공간, 우리 위에는 언제나 하늘 그리고 나무가 있다.

67. 붙박이 양반들의 이씨왕조가 오백 년이 지나서야 겨우 붕괴되었는데도, 제왕적 대통령제의 민주공화국은 어느덧 분단 75년, **대령하렸다!** 그리고 '나' '그' '네'의 '네!'

68. 명필의 족자로 양반집에 걸릴 표어들이다. 백년대계, 홍익인간에 교육헌장이라니, 하하하! 관악, 연건캠퍼스의 웃음소리에 중랑천 상류와 하류, 흙수저들의 한숨소리도, 하! 하하.

69. 새벽부터 밤까지 쫓아다녀야 산다. 톨스토이의 우화를 떠올리게 하는 이 땅의 살인적 경쟁, 경제적 불평등의 불씨가 달구어져 불나비, 강남과 강북에서 불같이 날아다니고 있다.

70. 배아 ㄱ과 ㄴ 보다도, 배아의 배밭과 배사랑보다도 '배고파'로써 '배이자'를 더욱 갈망하는 세상, '배우다' 보다도 '배우다!'에 열광하는 시대가 바로 배아의 불임 시대다. 청동 배아.

71. 더 이상 '나' '그' '너'의 나는 아니다. "아! 내가 이제 나를 안내한다." 자유를 쟁취한 내가 이제 비로소 해어/른이다. 오직, '오 지 ㄱ (oh, sie)'. 그 ㄱ 이 아내, 문맥 밖의 이름.

72. 유학 2년차, 부활절이 지난 얀들, 언어의 마법사를 공부하며 구체시에 입문하였다. 1981년 4월 8일, 멀리 나라 밖, 독일에서 생긴 문맥 밖의 일이었다. 한글 구체시의 박문맥.

73. 2013년, 아내는 처음부터 김장을 담지 않았다. 그리고 2년 뒤 아이를 하나 낳았다. 이제 "세 포기, 21세기의 권세 포기"다. 혁신적 시대정신의 도래.

74. 와병은 아니고 와신상담, 노모의 몸은 섶에 누워 쓸개를 맛보고 있다. 이제 뼈만 남았다. 아직 건재한 28개의 이를 뿌드득! 새벽에도 갈고 낮에도 뿌드득! 이빨들이 닳고 닳도록.

75. 선한 한글의 늙은 이웃이 하나둘 세상을 떠나게 되니, 부뚜막 아궁이 장작불의 따뜻한 아랫목이 그립다. 옛 풍경은 눈에 선하다. 꿈에서 눈에 선하다. 무의식의 문자.

76. 얼어붙은 항아리에서 익은 무를 새해 첫날 꺼내 먹으면서 크고 자랐다. 앞마당에 묻은 항아리에 동치미 무가 60년이 지나 천

개, 오천 개를 넘자, 노모는 이제 마침내 백살공주다.

77. 유럽인이 싫어하는 마늘처럼, 이제 성인이 된 아들은 엄마와의 심리적 거리를 독립적으로 확보, 바로 오늘, 늘 활보할 수 있어야 한다. 코로나 19의 시대에는 더욱 더 그렇다.

78. 도시 도처에는 공원이 있어야 하며, 나라에는 적어도 백두대간과 개마고원이 있어야 한다. "힘에의 의지의 무조건적인 주체성", '나' '그' '네' 인생이 아닌 해어/른이 숨 쉬는 공간.

79. 처음에 음식이 있어 죽음도 있고, 그것이 삶의 소리, 삶의 음이다. 브루크너(1824~1896)와 말러(1860~1911)의 경이로운 음악에서는 죽음의 소리까지 담은 삶의 음, 삶/음을 들을 수 있다.

80. 밑에서 올려다보면 멀리 가섭봉보다도 더 높게 천년 은행나무가 가을하늘에 솟아 있다. 용문산 용문사의 은행나무는 용꿈을 꿀 만도 하지만, 이곳은 다만 절, 소박한 소꿈을 꾼다.

81. 죽음의 날은 백 살 노인도 알 길이 없다. 그 날, 그 시간이 되면, 앗! 하는 사이에 삶의 시옷은 그만 사라진다. 영혼의 '앎'이 찰나에 문득, 삶은 결국 ㅁ으로 마무리된다.

82. 개구리가 올챙이 적 생각 못 한다. 최종 진화의 장구한 미래 시점에 인간 또한 그럴 것이다. 개골개굴, 개구리가 그 속에서 살아왔다면, 개구리 왕자는 결국 범죄자로 끝나게 된다.

83. 늑대는 1만 5000년 전에 인간의 믿음직한 친구, 개가 되었다. 개/인간의 이 세상에, 주여! 예수가 오시며 2020년 전 역사에 개입, 인간은 비로소 그분의 벗, 아니 참빛이 되니.

84. 한국놈이 아니라, 한국인(人)이라는 것이 중요하다. 음택을 챙기며 인삼을 먹고, 이순신 장군처럼 호령, 용맹스런 행동에 입이 무거운 사람이라면 바로 그가 한국인이다.

85. 생각하는 갈대, 본시 의심의 동물이 인간이다. 자본주의에서는 소유격 **의**가 강조된다. 기계인간의 임박한 출현이 인간을 '의심 또는 믿음의 집'에 더욱 집착하도록 만들고 있다.

86. 희희낙락하는 인생 전반기 그리고 언제 닥칠지 모를 치매가 두려워지는 인생 후반기, 그 절묘한 황금분할이 바로 일흔 살이다. 이제는 노인이지만 백세세상에 아직 희망은 있다.

87. 서해바다에 외따로 멀리 떨어져 있는 섬, 가거도는 마치 바다에 떠 있는 한글의 섬과도 같다. 밤하늘에 한글이 별빛처럼 빛나며, 무서운 태풍에도 끝내 살아남는 땅과 바다의 경계.

88. 하늘의 소리와 달리 바다의 소리는 늘 가깝게 귀에 울린다. 바다의 바람과 파도는 아주 귀하다. 게다가 바다는 하늘처럼 조용하기도 하다. 경이롭고 신기하다.

89. 중원리 도일봉의 표고차는 도1에서 도9에 걸쳐 있다. 언어가 삶에서 도9, 도구로만 머물지 아니면 삶과 예술의 정수, 도1이 될

지, 그것이 문제다. 산에 오르는 나의 또 다른 과제.

90. 식탁에 앉힐 때만 사용하니, 노모의 휠체어는 거의 늘 비어 있다. 이따금 내가 타본다, 자신 있게 뒤쪽으로도 민다. 그리고 뒤에 놓인 약점을 보완하며 앞으로 민다. 역사의 바퀴.

91. 개묘. 무덤을 열면 해골이 응시할 것 같아 두려웠다. 40여 년 만에 열고 보니 이미 그 속은 텅 비어 있다. 치아 몇 개나마 아예 그 흔적도 없다. 영혼과 몸이 모두 떠나고 없다.

92. 말 배우기와 달리 문자 터득은 어렵다. 말풍선이 빠진 만화 『아버지와 아들』을 곧잘 이해하는 을이에게도 힘든 작업이다. 아이의 문자 터득과 구체시의 이해는 서로 닮아 있다.

93. 지구의 온갖 보물, 재화 가운데 문자가 으뜸이다. 특히 한자와 영자, 아랍 문자와 한글이 뛰어나다. 터득하기 쉽기도 하고 또 어렵기도 하다. 한글 구체시의 터득도 이와 다르지 않다.

94. 한국인들에게 고층아파트는 잠자리에 불과하다. 아득히 멀리 펼쳐진 대지에서는, 일주일 내내 일개미들이 끙끙거려도, 잠자리는 쉬다 날다 어디서든 그냥 한가롭다. 바닥에서도.

95. 좁고 누추한 공간이지만 혼자 내 집 농가 일박은 상쾌하다. 일이 없어도 하루해는 뜨고 노을이 진다. 잡초 뽑기는 늘 힘든 일이다. 그러하니 시골집 겨울 생활은 한가롭기만 하다.

96. 눈 쌓인 소백산은 백산이 된다. 백산 겨울 풍경은 백두대간 종주의 허리쯤 된다. 언제 한번 묘향산이며 백두산까지 걸어갈 수 있을 것이다. 소백산에서 백두산까지 눈이 내린다.

97. 새벽 기차로 반곡, 신림 또는 희방사역으로 가서 치악산 남대봉, 소백산에 오른다. 옛날 역이라서 좋다. 신림에 내려 감악산과 용두산 능선을 타면 제천에서 무궁화호 기차를 탄다.

98. 청호마을의 소나무 언덕에서 옮겨 심은 일년생 소나무들이 이제 어른 키보다 더 높이 자란다. 추운 겨울에는 그 잎이 더 매섭지만 따뜻한 햇볕마당에서는 정답고 푸르기만 하다.

99. 피부는 몸뿐만 아니라 살아 있는 영혼을 위한 것이기도 하다. 살아온 삶의 부피가 영혼의 피부, 그 속살로 남아 있다. 영혼의 피부는 마치 소나무의 껍질과도 같다.

100. 고사리 손을 잡고 유치원에 간다. 함께 둘이 자동차로 오가는 길이며 일이 소중한 하루 일과다. 집으로 들고 오는 아이의 하루 작업이 사랑스럽다. 오늘 하루, 나는 아빠다.

구체시는 무엇인가?

고 원

구체시는 최소한의 언어 단위로 만드는 문자의 작품이다. 구체시에 필요한 도구는 홀소리와 닿소리, 스물네 글자다. 홀소리 열자와 닿소리 열네 자 모두 스물네 글자다. 5행시 매트릭스는 한글 구체시에서 가장 흔한 형식으로서, 세로가 다섯 글자 다섯 줄, 가로도 다섯 글자 5행이다.

5행시 한가운데 빈칸 하나가 있기 때문에 작품에서 사용된 문자의 수는 모두 스물네 글자다. 한글 홀소리 및 닿소리 글자 수와 똑같다. 5행시와 달리 문장을 이루며 반복되고 있는 10행시와 14행시도 있다. 이것은 홀소리 열 글자 그리고 닿소리 열네 글자의 숫자에서 비롯한다. 구체시에서는 모음과 자음 및 특정한 음절 하나가 자주 사용되고 있다.

고원의 한글 구체시는 기본이 5행 매트릭스, 스물네 글자로 만들어진다. 초성과 중성 그리고 종성으로 이루어진 한글의 음절은 모든 글자가 알파벳과 달리 작은 사각형 모양이다. 매트릭스 5행 시는 함축적이며 심층적이기에, 입체적인 빈칸 하나에 상징계 또는 실재계가 침묵으로서 표현될 수 있다. 5행 사각형의 형식은 시집에서 여러가지로 변주되며 반복된다. 이 되풀이 변주 기법은 빈칸의 입체적 성격을 겨냥하는데, 독자의 평면적 접근을 가로막으며, 개인이 주도하는 능동적 독법을 유도하여 특히 독자와 작가의 수직 관계를 분산, 해체하는 장치다. 매트릭스의 닫힌 평면이 열리며 이윽고 입체로 변화하게 된다.

수동적 침묵은 이제 독자의 몫이 아니다. 빈칸의 침묵은 작품 자체의 일부로서, 결국 하나의 큐빅을 이루게 된다. 빈칸 하나의 숨통이라는 열린 지평이 비로소 확보되고 있다. 5행 매트릭스 다섯이 모여 스물다섯 개로 된 좀 더 큰 단위의 매트릭스를 형성하고, 『식물성 구체시』에서는 그것이 넷(1~25, 26~50, 51~75, 76~100), 입체적으로 뭉쳐 백 개의 매트릭스로 된 하나의 언어적 큐빅이 완성된다. 한글 구체시의 매트릭스 큐빅이다.

구체시(Konkrete Poesie)는 1945년 종전 이후 독일어 문화권에서 전개된 문화예술운동이며 그 대표자는 곰링어(Eugen Gomringer, 1925~)와 얀들(Ernst Jandl, 1925~2000)이다. 곰링어가 문자의 색다른 배열로써 평면에서 움직이는 입체적 동선을 부각시킨 시각성의 작가라면, 얀들은 그의 문자언어 구체시에서 문자의 소리가 빚어내는 소음 및 말풍선 등 언어의 음악성을 특히 강조하고 있다. 20세기 후반부 독일어 문화권에서는 독일제국의 멸망 이후 요청되는 작업, ① 소위 독일 이데올로기 문화에 대한 언어적 반성과 성찰을 예술적으로 실천하기, 즉 문화적, 언어적 과거 청산의 과제 ② 유럽의 68혁명 그리고 20세기 후반 자본주의 문화에 대한 비판이라는 시대적 조류의 참여와 연대라는 당면 과제를 갖고 있었다. 구체시는 혁신적 문화예술 운동으로서 주목할 만한 자리와 역할을 맡게 되었다.

한글 구체시는 1988년 출판된 고원의 시집 『한글나라』에서 처음 시도되었다. 독일 구체시보다 약 30년 늦게 단편적으로나마 시작되었다. 때마침 격변하는 한국사회의 지각변동과 맞물려 구체시 수용은 한국 문단의 전통적 서정시의 계보 그리고 사회 비판 작품의 계보로 크게 나뉜 주류 문단에서 크게 도외시당한 채로 물러서 있다. 언어성찰적 구체시가 자리 잡을 수 있는 여건이 형성되지 않은 탓이다. 한자문화와 유교사회의 전통, 일본 제국주의 식민지의 강압적 문화 현장 그리고 이념적 남북 분단 상황은 자유분방한 언어의 실험정신과 유희를 쓸모없는 외래문화로 폄하, 구체시를 배척하기에 충분한 문화적 풍토를 이미 만들어놓았다. 게다가 이와 같은 과거와 현재의 문화정치적, 사회적 이중 삼중 방어전선 말고도 국가가 국민교육헌장 등을 제정하였으며, 국어교육의 방어적, 수구적 문화정책은 아직도 남아 있다.

내용적으로 볼 때, 『식물성 구체시』에서는 한국 문단이라는 문맥 밖의 구체시 그리고 그 이질적 자화상으로서 박문맥이라는 이름을 특히 부각시키고 있다. 기존 전통 사회의 역사적, 문화적 문맥 위에 정립된 문단문학과는(구체시 55 「문학」과 그 식구 한담을 읽어보시오) 다른 문학 또한 필요하기 때문이다. 통상적 시문학 작품에서는 은유와 환유 등의 문학적 장치로써 준비된 독자의 상상력을 정서적, 비약적으로 촉발한다는 사실과 다르게, 문맥 밖의 이름, 박문맥의 구체시에서는 식물생태계의 반복적 확산 및 성장과 궤를 같이 하는 언어의 입체적 이동 그리고 리좀의 동선이라는 정적 및 동적인 움직임이 미세하게 포착되고 있다.

독자의 언어적 감수성 또는 문학적 상상력이 아니라 언어 나이테의 침묵과 부피가 이제 문제되어야 한다. 한마디로 기존의 시문학이 역동동물적, 동인주도적 즉 머리 중심의 작품이라면, 문맥 밖의 구체시는 자족적, 심층적 즉 뿌리 중심의 식물성 작품이다. 이제 문제는 문자의 무의식이다.

시작한 지 40년, 지속적인 광합성 작업으로 충분히 성숙한『식물성 구체시』는 이미 출판된 고원의『미음 ㅁ 속의 사랑』(2001),『미음 ㅁ 속의 ㅇ 이응』(2002) 그리고『나는 ㄷ ㅜ ㄹ 이다』(2004) 등 구체시 초기 3부작을 정리하는 시집이다. 이것은 문단문학의 독주에 맞서보는 문맥 밖의 도전이며, 언어적 도약이다(구체시 26「ㅅ, 시의 시옷」과 그 식구 한담을 읽어보시오). 새들마저 탐내는 포도 그림을 그렸던 그리스의 화가 제욱시스에 맞선 파라시우스의 도전이다. 아무도 열지 못하는, 헛된 베일을 그렸던 바로 그 문맥 밖의 화가다.

지구 위 모든 인종이 지금 겪어야 하는 코로나 19 위기의 시대에 요청되는 거리두기는 물리적 거리두기에서 앞으로는 정서적, 지적 거리두기로까지 발전해야 한다. 자본주의 문화의 무제한 이동 공간은 공동체의 자유 공간으로 수축되어야 한다. 자본의 동물적 거리 이동은 앞으로 적어도 유목민족의 거리 이동 수준으로 바뀔 필요가 있다. 꼭 필요한 물품과 생활도구로 유목민족의 생활현장이 이루어져 있듯이, 우리들 삶의 현장 또한 건강하게 수축, 제한되어도 좋을 것이다. 티베트를 인정하지 않는 21세기 중국식 영토 주장과 공간 점유, 유명 관광지의 세속적 도시 순례가 아니라, 지구의 모든 인종이 '지금 바로 이곳'의 시공간에서 삶을 아름답게 지속할 수 있는 환경으로 바꾸어가며 개벽될 때다.

스물네 글자, 그 쉬운 문자만으로도 하나의 작품세계가 열릴 수 있는 구체시, 한글 구체시 5행시의 빈칸에도 하나의 세계가 담길 수 있는 문학이 시대가 요청하는 작은 시문학이다. 1980년에 독일에서 첫선을 보인 얀들의 시집, 노란색 작은 레클람문고(9.5cm ×15cm×0.5cm)로 창의적 언어 세계가 독일 및 그 이웃 유럽인에게 열린 것처럼. 그 시집의 제목은 거품이 빠진 말풍선이다. 『말풍선(*Sprechblasen*)』. 모든 화려하고 아름다우며 짙고 고운 표현, 여운이 깊고 아득한 맛이 있는 것, 노련하고 굳세고, 기발하고 빼어난 것 등, 모든 '말거품들(Sprechblasen)'의 거품이 시원하게 빠져버린 '텅 빈 말풍선'이다. 다만 스물네 글자의 문자 구체시, 흥미롭게 비어가는 수축형 말풍선이다.

침묵으로 수축되는 말풍선은 또 하나 있다. '말풍선'과 동시에 출판된 얀들의 레클람 문고판 시집, 『높은 소리, 낮은 목소리(*Laut und Luise*)』. 높은 소리(laut)는 낮은 소리(leise)의 반대말이다. 여기서 얀들은 라이제(leise) 대신에 루이제(Luise), '에(e)' 대신에 '우(u)'를 집어넣고 있다. 루이제는 그 어떤 여자의 조용한 이름이다. 문맥 밖의 이름.

　2020년, 낯설고 괴이한 식물성 시대의 한복판에서 '큰 목소리 (laut)'로 한글 구체시를 읽어야 한다. '소리지르기 그리고 구체시 (Laut und Luise)'. 그런 뒤에 모기 목소리(leise)로 귀에 가까이, '사랑스러운 꽃의 언어(Luise)'를 이야기하자. 좌충우돌 종횡무진, 인간의 공격적 동물성을 한글 구체시에서는 모기 한 마리 크기로 축소시켜놓자. 식물성 구체시 94번 「대지의 욕망」에서 땅바닥에 납작하게 엎드려 있는 한 마리 '잠자리'처럼. 그 옆에서 가만히 살아 숨쉬는 야생화를 그냥 들과 산에 그대로 놓고 보아야 한다. 우리도 그렇게 살며 숨 쉬고 있다. 가만히 조용히 바야흐로 이제는 관조할 때다. 속삭이듯이(leise) 그냥 바라보기(luise). 한글 구체시 5행시의 한가운데 빈칸에는 야생화가 피어 있다. 문맥 밖의 꽃 한 송이. '시끄러운 말풍선'에 다만 한글 한 글자, 문맥 밖의 이름 하나만 놓고, 침묵. 독일 구체시 「침묵(schweigen)」은 곰링어의 대표작이기도 하다. 한번 꽃처럼 피었다가, 이윽고 꽃처럼 몸을 비워버리는 말풍선, '소리사랑 나지막이(laut und luise)'. 문제는 수축의 침묵이다.

한글 우주의 구체성

최재경

고원 시인과 필자는 직장 동료였다. 해군사관학교에서 교관으로 같이 근무하였고 서울대학교에서 같이 학생을 가르쳤다. 필자는 시인에게서 무질과 카프카에 관해 배웠다. 그리고 필자가 쓴 단편소설을 고원 시인이 정신분석학적으로 비평을 해준 적이 있다. 이번에는 시인의 구체시를 읽고 수학자인 필자가 느낌을 말해 보고자 한다. 수학에서 필자의 전공인 기하학은 구체적이고 시각적인 대상을 다루는데 이는 묘한 인연이 아닌가.

5 빙벽 타기

대학 다닐 때 진리는 나의 빛이었다. 또한 진리는 나의 비로(毗盧)였다. 그러나 해군에서 전역하고 유학을 떠날 때 진리는 나의 비상(飛上)이었다. 학위논문 작성할 때 어려움에 봉착할 때마다 진리는 나의 빙벽이었다. 학위를 받고 귀향할 때 진리는 나의 비단이었다. 십수년 노력하던 문제를 남이 먼저 해결했다는 소식을 들

었을 때 진리는 나의 비통이었다. 그러나 정년퇴임한 지금 뒤돌아
보니 진리는 아무래도 나의 빚더미인 것 같다.

17 시옷

이 시는 파스칼의 삼각형을 연상시킨다. (x+1)의 n승 계수를 n에
따라 나열하여 얻은 삼각형을 말한다.

$$
\begin{array}{c}
1 \\
1 \quad 1 \\
1 \quad 2 \quad 1 \\
1 \quad 3 \quad 3 \quad 1 \\
1 \quad 4 \quad 6 \quad 4 \quad 1 \\
1 \quad 5 \quad 10 \quad 10 \quad 5 \quad 1 \\
1 \quad 6 \quad 15 \quad 20 \quad 15 \quad 6 \quad 1 \\
1 \quad 7 \quad 21 \quad 35 \quad 35 \quad 21 \quad 7 \quad 1 \\
1 \quad 8 \quad 28 \quad 56 \quad 70 \quad 56 \quad 28 \quad 8 \quad 1 \\
1 \quad 9 \quad 36 \quad 84 \quad 126 \quad 126 \quad 84 \quad 36 \quad 9 \quad 1 \\
1 \quad 10 \quad 45 \quad 120 \quad 210 \quad 252 \quad 210 \quad 120 \quad 45 \quad 10 \quad 1
\end{array}
$$

파스칼을 얘기하다 보니 하고 싶은 말이 떠오른다. 고원 시인은
갈대에 불과하다. 하지만 그는 구체시를 쓰는 갈대이다. 그를 좌
절시키는 데 주변의 모든 사람들이 힘쓸 필요는 없다. 그를 낙심
시키는 데에는 가벼운 말 한마디면 충분하다. 하지만 주변에서 구
체시를 폄하하더라도 그는 그들이 모르는 고귀함이 있다. 왜냐하
면 그는 한글 우주의 구체성을 알고 있기 때문이다.

7 사랑과 자유, 떠오르는 해님

숲속의 호수, 사랑이 피어나는 곳.

자유는 쟁취하는 것, 그리고 흐르는 눈물.

13, 14, 15, 21, 36, 38, 61, 66, 82

수학의 분야 중에서 위상수학이 있다. 연속적으로 공간을 변형시켜도 바뀌지 않는 성질을 연구하는 분야이다. 원둘레와 원의 내부는 천지 차이다. 위상수학에서는 원의 내부에서 점 하나만 빼더라도 원둘레와 같다고 본다. 그만큼 내부에 빈 공간이 있느냐 없느냐에 따라 무한대와 1만큼 다르다고 본다. 고원 시인은 가로 세로 다섯 줄로 이루어진 네모로 많은 구체시를 썼다. 이 시들은 가운데 빈 공간이 있느냐 없느냐에 따라 두 가지로 나뉜다. 빈 공간이 있으면 시가 의미하는 바가 무한 가지 된다는 느낌을 준다. 빈곳 없이 꽉 찬 것은 단순하고 단일한 인상을 풍긴다.

13 책 사이에 끼어 있는 쓰지 않은 공책

24개의 책과 1개의 빈 공간으로 이루어진 구체시를 공책이라고 제목을 붙였다. 기발한 제목이다. 빈 공간이 공간을 압도한다. 그 공책에는 무한가지 글을 쓸 수 있을 것이다.

14 모든 길은 로마로 통한다 또는 나의 노모

로마로 가는 길은 수천수만 가지가 있을 것이다. 가운데 빈 공간을 도는 횟수에 따라 그만큼 다른 길이 될 것이다. 지구 위를 빙빙 도는 상경길 말이다.

15 인생, 그 짧은 서막과 4막

빈 공간 없이 꽉 채워진 사막은 그야말로 짧은 서막이다.

21 창조주의 말씀 한마디

창조주의 말씀 다 좋다. 무한가지 뜻으로 다 좋았을 것이다.

36 선한 이웃의 한글

한글의 유용함이란 헤아릴 수 없을 터.

38 체 게바라 – 마지막 주검까지 기억하기

구체시가 체 게바라와도 인연이 있다니 그야말로 무한가지 인연.

61 자본주의의 본질

빈 공간이 없을 땐 자본이란 그저 쌓인 돈. 그러나 빈 공간을 집어넣으면 그 구체시는 자본의 온갖 유용한 쓸모를 보여줬을 것을.

66 늘 그 모습

하늘에 구멍이 뚫리면 홍수가 나고, 그늘에 구멍이 있으면 빛도 찾아오지 않을 것.

82 전능한 두개골의 흥망

두개골에는 빈 공간이 있어야 한다. 영혼이 차지했던 공간이 아닌가.

51 박문맥 그리고 문맥 밖의 13인

권영민 교수에 의하면 시인 이상(李箱)의 시 「오감도(烏瞰圖)」는 구체시의 창시자인 독일 시인 곰렁어보다 20년 앞선 구체시로 볼 수 있다고 한다. 고원 시인의 구체시 51은 「오감도」의 '시제1호(詩第一號)'를 연상시킨다. 박문맥은 이상(李箱)이며 고원이 아닐까? 十三人의 兒孩가 疾走하는 道路는 막다른 골목이지만 문맥 밖의 박문맥은 바다에서 골목을 내려다보고 있다.

1 백두대간

第一의 兒孩는 문학보다 문자가 좋다고 그리오.

第二의 兒孩는 학교보다 문밖 자유가 좋다고 그리오.

第三의 兒孩는 문학보다 학문이 좋다고 그리오.

第四의 兒孩는 문학보다 문맥이 좋다고 그리오.

박문맥은 백두대간 산맥을 疾走하지 아니하고 걸어도 좋소.

91 해골

필자는 한 달 전 아버님 묘를 이장하였다. 44년이나 된 아버님 유골을 뵐 수 있었다. 매우 반가웠다. 유골이야말로 살아 있는 육신의 구체시가 아닌가!

崔在景 | 고등과학원 원장

157

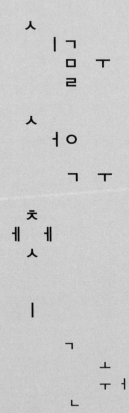